DELL'EMANCIPAZIONE CIVILE DEGL'ISRAELITI

MASSIMO D'AZEGLIO

PENSIERI PRELIMINARI

Io interrogo il mio lettore, sia egli debole o potente, grande o piccolo, principe o suddito, cattolico o protestante, e dico: crede egli vero o falso, utile o dannoso all'umana società il precetto di carità universale, d'amor del prossimo, racchiuso nell'epigrafe che ho posta in fronte del presente opuscolo?

Se lo crede falso e dannoso, chiuda il mio libretto; non ho altro da aggiungere.

Se lo crede utile e vero, gli domando se gli è avviso che questo precetto, nel modo istesso che è insegnato dal Vangelo ed accettato egualmente dalla fede e dalla ragione, sia stato preso per norma, ne' diciotto secoli che conta il Cristianesimo, dai legislatori, dai principi, dai potenti, dalle moltitudini, da quanti infine ebbero o si tolsero potestà di scriver leggi, e stabilire ordini che reggessero l'umana famiglia?

La carità, l'amor del prossimo, il non fare agli altri quel che non si vorrebbe fosse fatto a noi, primo fra i precetti de' popoli cristiani dopo quello che si riferisce alla divinità, ha esso esistito ed esiste in parole, o è applicato ai fatti?

E se più che altrimenti esistesse in parole, quali ne sono le cause? quali le conseguenze?

E se queste conseguenze fossero tristi e dolorose per tutti, non è egli egualmente dovere ed interesse di tutti il cercare di sottrarvisi, combattendo le loro cause?

Queste interrogazioni che dirigo al lettore, le ho fatte soventi volte a me medesimo: e guardando al passato ed al presente, alle leggi, alle consuetudini, agli usi della civiltà cristiana in tutta la sua durata, m'è sembrato trovarvi una frequente e flagrante violazione del suo principio; di vederla travagliarsi, soffrire, lacerarsi, ed andar a rischio di perdersi per un sillogismo falsato, del quale la maggiore e la minore non avean che fare praticamente colla conseguenza.

E lasciando molti altri casi che non fanno alla questione che intendo trattare, ho trovato, a cagion d'esempio, che sul fatto degli Israeliti la civiltà cristiana faceva questo strano sillogismo.

La fede cristiana mi ordina di amare senza distinzione tutti gli uomini.

Gli Ebrei sono uomini.

Dunque io li odio, li perseguito e li tormento.

Lo scopo del breve scritto che offro al pubblico, è diretto a cooperare, per quanto me lo concedono le mie povere forze, alla restaurazione del detto sillogismo; a rimetterne i termini nella loro vera e razionale relazione.

Non avendo potestà di far molto, mi è sembrato dovere l'adoprarmi almeno come potevo, onde fra le tante applicazioni che rimangono a farsi del principio cristiano, si venisse intanto a questa. Quanto alle altre, facciamoci animo: le menti ed i cuori vengono ogni dì più sentendone l'importanza e il bisogno.

La civiltà cristiana presenta nel lasso degli ultimi cent'anni un fatto che apre il campo a gravi meditazioni. Nell'ultima metà del secolo scorso, essa parve rinnegare in massa il suo principio, e mettersi incerta ed anelante in traccia di principj nuovi.

La rivoluzione, le sue guerre, quelle di Napoleone, l'abuso della vittoria che l'avea prostrato, il dispotismo senza esempio stabilito dai vincitori, la reazione ora aperta ora segreta e sempre travagliosa de' popoli, un mal'essere, un'irritazione generale; ecco ciò che essa trovava.

Sotto fallaci apparenze d'una civiltà superficiale, non era forse mai stato tempo in cui la politica avesse più intimamente rinnegato il principio cristiano.

Ma la dura lezione non è stata senza frutto.

Sembra che la Società si venga avvedendo che il mondo morale come il materiale è retto da grandi ed elementari leggi, e che in esse soltanto può trovar ordine e riposo; che il travagliarsi per trovar modi di reggimento, istituzioni, sistemi ec., è opera gettata, se gli uomini non si convincono dell'importanza ed utilità di dette leggi, e non le seguono; e fra queste, la prima è quella della carità e dell'amor del prossimo. Questo convincimento già trionfa nella teoria. Quindi la tendenza alla restituzione delle nazionalità.

Perchè una nazione non deve imporre ad un'altra quel giogo che non vorrebbe per sè.

Quindi lo sviluppo del principio del diritto comune, le istituzioni, le leggi d'uguaglianza civile.

Perchè un principe non deve torre ad altri il suo diritto, come non amerebbe che gli fosse tolto il suo ec. ec.

Accettato sinceramente il principio in teoria, si può argomentare che non siam molto discosti della sua applicazione.

Affrettiamola coi voti e coll'opera, e noi Cristiani intanto che ci travagliamo onde ottener giustizia per noi, rendiamola agli altri; e non tormentiamo gl'Israeliti come non vorremmo esser noi tormentati ed oppressi. A chi, sorridendo, m'interrogasse, se io intendo rifare il catechismo pe' fanciulli; io risponderei che, se mi bastassero le forze, vorrei non tanto far questo, quanto trovar modo onde quel catechismo che gli uomini appresero quand'eran fanciulli, lo rammentassero talvolta allorchè, fatti adulti, vien loro data potestà di promulgar leggi e farle eseguire, e sta in essi il condurre gli uomini alla felicità, come l'immergerli nella sventura.

L'emancipazione degli Israeliti, il termine di quella lunga e dolorosa serie di patimenti, d'oltraggi e d'ingiustizie che ebbero a soffrire per tanti secoli, non in vista del principio cristiano ma invece colla manifesta sua violazione, in conseguenza della cecità, de' pregiudizi, dell'ignoranza, e talvolta, purtroppo! in virtù di cause alle quali una scusa è ancor più irreperibile; l'emancipazione degli Israeliti è un fatto oramai incominciato, e che per la condizione de' tempi si può virtualmente tener per compiuto.

A Pio IX era serbata questa santa e sapiente manifestazione di giustizia e di carità, che si deve certamente annoverare fra i più importanti e benefici atti del suo pontificato, come quello che consacra il principio atto più d'ogni altro a mantenere la concordia e la pace tra gli uomini, e condurre al trionfo della verità: il principio della tolleranza.

La tolleranza, come tutte le massime vere, utili e sante, ha avuto ed ha purtroppo ancora i suoi oppugnatori; perchè essa non serve nè la superbia, nè gli odj, nè la violenza, nè la cupidigia, e toglie anzi agli uomini il poter dare sfogo a questi loro perversi appetiti: e coloro che appunto vollero aver piena libertà di sfogarli, conobbero non aver altro modo onde coonestarli e nasconderne la bruttezza, se non col coonestare le loro passioni coll'apparenza dell'amore del vero e dello zelo per la religione, e professare l'intolleranza.

E questi furono tra i nemici della tolleranza i più perversi. Altri ve ne furono di meno perversi, e forse talvolta (tanto è inscrutabile l'umana coscienza!) incolpabili; quelli dico, che opprimendo, perseguitando ed usando violenza a chi nella fede e nel culto dissentisse da loro, non lo fecero per nessuna rea passione, ma per la falsa opinione che fosse questa la miglior via onde procurare il trionfo ed il regno delle loro opinioni e della verità, ed opera meritoria e grata all'Onnipotente, il punire coloro che non la professassero.

Gli uni e gli altri poi combatterono i loro Avversari, amici e cultori della tolleranza, coll'accusa d'essere o nemici o indifferenti alla fede che pure apparentemente professavano; ed ebbero spesso sovr'essi il vantaggio che procura presso le moltitudini una fervente e clamorosa espressione di zelo per le cose più sante ed auguste, e spesso li ridussero a ritirarsi dal campo e tacere, pel timore d'essere creduti appunto nemici o indifferenti a queste sante ed auguste cose.

Ciò è accaduto sempre in tutte le età, tanto nelle cose sacre come nelle profane, nelle religioni, nelle sette, nelle scuole, nelle parti politiche; ed ha ottenebrato il mondo di calamità infinite.

A coloro che coonestano l'intolleranza col pretesto di zelo per la religione, guidati da interessi e passioni private, col fine d'ottener potenza o ricchezza ad una setta, o rendere prepotente un partito, è inutile addurre ragionamenti. Codesti motivi hanno radice nella perversità del cuore, ed a ciò le ragioni non possono rimediare. A quelli invece che sono intolleranti per difetto di raziocinio, conservando tuttavia cuor retto e virtuose intenzioni, non è difficile dimostrare ch'essi sono in errore, e che quest'errore li conduce inevitabilmente al termine opposto a quello cui tendono i loro disegni.

La tolleranza può essere applicata in due modi: o alle opinioni, o agli uomini che la professano.

La tolleranza applicata alle opinioni, è giusta e razionale ove queste sieno non pienamente fondate sopr'una certezza, e perciò disputabile. Ove invece si tratti d'opinioni certe, o tenute per tali, e perciò incapaci di controversia, la tolleranza non tanto non è conveniente, ma sarebbe la cosa più irrazionale del mondo, sarebbe sciocchezza e puerilità.

Chi mai, per cagion d'esempio, potrebbe, per quanto professasse la tolleranza, applicarla ad un conteggio aritmetico? E se si pretendesse che un abile computista, dopo aver fissata la cifra finale che risulta da un conto esatto, ammettesse che è cosa indifferente l'aggiungervi o il sottrarne una sola unità; non sarebbe stravaganza o pazzia?

E non sarebbe, dall'altro canto, uguale stravaganza o pazzia il pretendere che intorno a tante questioni non definite nè dimostrate ancora circa il mondo materiale ed il metafisico, altri dovesse irremissibilmente seguire la nostra opinione?

Circa le opinioni, dunque, o indubitatamente certe, o che un profondo e sincero convincimento ci fa considerar come tali, la tolleranza è irrazionale, ripugnante, ed assurda.

Ma per quello che spetta agli uomini che le professano, la tolleranza è stretto dovere di giustizia, e condizione indispensabile al trionfo della verità; siccome al contrario, l'intolleranza è assolutamente ingiusta, e mantenitrice ostinata dell'errore.

La tolleranza è dovere di stretta giustizia, perchè non è concesso a nessun occhio umano lo scrutare l'intimo del cuore e della coscienza dell'altro uomo; pesarne le virtù e le colpe, giudicarne gli effetti, conoscerne le forze e le reticenze, gl'impulsi e le inerzie; definire dove, se, quanto e sino a che punto operino i pregiudizi, le sensazioni, le idee preconcette, fonti d'ignoranza invincibile; e dove invece incominci l'azione delle passioni, degli affetti interessati, della resistenza volontaria, calcolata e viziosa, alle manifestazioni dell'intelletto e della ragione, fonti d'un'ignoranza o d'una negazione colpevole.

Non essendo, dunque, dato agli uomini di far questa distinzione, nè di conoscere perciò o la colpa, o il grado di colpa, in che sia caduto chicchessia in materia d'opinioni, non possono aver modo nè regola per conoscere se meriti punizione, ed in qual grado la meriti.

Da ciò ne viene, per necessaria conseguenza, che ogni qualvolta oltraggiano, tormentano o contristano in qualsivoglia modo gli uomini per il solo motivo delle loro opinioni, o sono assolutamente ingiusti e crudeli, se codesti uomini al cospetto di Dio e della propria coscienza non sono colpevoli: ove poi tali realmente fossero, sono ingiusti e crudeli egualmente, perchè il dare un gastigo alla cieca, senza avere un criterio certo per poter conoscerne l'opportunità e la misura, è non minore nè meno pericolosa ingiustizia.

Se queste deduzioni sono vere (e, quanto a me, le tengo per irrecusabili), ne nasce la necessaria conseguenza, che al solo occhio divino essendo chiari ed aperti i misteri del cuore umano, a Dio solo è riservato il giudizio, la punizione o la ricompensa in fatto di credenza. Egli solo saprà giudicare se fu sincera o finta, virtuosa o colpevole, la sua fede; e, pel contrario, che ogniqualvolta gli uomini vogliono esercitare l'ufficio riserbato e possibile al solo Iddio, e farsi interpreti del suo giudizio, usurpano un'autorità che non hanno, occupano e violano i diritti degli altri uomini: e questo modo d'agire, che con un solo vocabolo vien detto intolleranza, è assolutamente contrario alla giustizia, agli esempi ed ai comandamenti di Gesù Cristo, e conducente non al trionfo del vero, ma all'ostinata diuturnità dell'errore.

Eppure, questo è precisamente il modo tenuto da secoli cogli Israeliti; non dirò a nostra vergogna, perchè la generazione presente lo detesta generalmente oramai; e Pio IX, con quella sapienza resa cotanto vigile ed operosa dalla carità evangelica che lo infiamma, lo ha solennemente condannato, stendendo la mano a quei poveri afflitti, come l'ha stesa a tanti altri: ma a vergogna certamente delle generazioni passate, che così crudelmente ed ostinatamente lo tennero.

Per quanto l'oppressione del popolo d'Israele sia fatto noto ed incontestato; per quanto l'universale aborra oggidì dalle antiche sevizie; non è tuttavia fuor di proposito il farne conoscere brevemente alcuni particolari, ignorati per avventura dai più: e dando uno sguardo alla dolorosa storia dei loro patimenti, mostrare quale sia stata la loro condizione sino al momento presente.

CAPITOLO I

Non credo necessario entrare nella narrazione di fatti anteriori all'epoca delle Crociate. Basterà l'accennare che sin dai tempi degl'imperatori, vennero spesso avvolti gli Israeliti nelle persecuzioni medesime dei Cristiani, ed ebbero al paro di essi ad incontrare le torture e la morte. Quando poi l'Europa uscì da quello stadio che comprende l'invasione de' barbari ed il dominio delle prime dinastie dei loro re (stadio nel quale l'umana società era scesa al punto più basso al quale forse potesse arrivare), essendosi addensate allora più che in verun altro tempo le tenebre dell'ignoranza, e dilatato in ogni parte il regno della violenza la piena dell'iniquità e de' più atroci delitti; uscita, dico, l'Europa da quest'epoca funesta, parve sentisse generalmente il bisogno d'una grande espiazione d'una penitenza dura e travagliosa, non inferiore al cumulo dei delitti commessi, che pesasse ugualmente su tutta la vivente generazione: e l'Europa s'offriva spontanea alle due più gravi pene che si conoscano, l'esilio e la morte; e presa la Croce, si moveva verso Oriente.

Ma quel sentimento bollente di rimorso e di pentimento, quel grande atto di fede di tanti popoli, ebbe un carattere rozzo, ed anzi feroce, come gli uomini e l'età che lo professava: non si stimò poter fare abbastanza in onore di Cristo e della sua Religione, nè in esterminio e vituperio di tutti i suoi nemici: e s'incominciò dai più vicini, e che meno si potevan difendere; dagl'Israeliti: e quasi ogni partenza di Crociati ebbe a funesto preludio una popolare e tumultuaria strage di quegl'infelici.

La causa medesima produsse effetti, purtroppo! simili ed ugualmente atroci anche fuori dell'occasione delle Crociate. La Francia, la Germania, la Spagna, il Portogallo, l'Inghilterra, la Polonia, la Prussia, la Boemia, in diversi tempi ebbero le loro proscrizioni; ed il sangue degli Israeliti fu sparso, in onta del nome e del principio cristiano. Memorabili rimasero le stragi del 1096, 1146, 1306, 1389; alle quali sempre andarono unite taglie, espulsioni violente, ed ogni maniera di persecuzione.

L'Italia, culla di civiltà, sede di coltura, d'industria e d'ogni bell'arte nel medio evo, ebbe in que' remoti secoli men rozzo e feroce costume, e quindi non si macchiava, o in minor grado, delle crudeltà sopraddette; e le pagine della sua storia non vengono (salvo rare eccezioni) attristate dal racconto di stragi d'Israeliti. Bensì da molti suoi Stati vennero banditi, poscia riammessi. In Napoli soltanto il bando non ebbe nè revoca nè fine.

Roma, che generalmente fu pur la più mite delle città Italiane verso gl'Israeliti, ne fece tuttavia uccisione nel 1321. Ma il popolo, non i Papi, ne furono autori. Sedeva in Avignone Giovanni XXII, il quale, ad esempio di San Gregorio Magno, Innocenzo III, Innocenzo IV, Alessandro II, Alessandro III, d'Onorio III e d'Urbano V, scrisse e s'adoperò in favor degli Ebrei manomessi, vilipesi, taglieggiati e straziati generalmente allora da Principi e da Popoli. Altrettanta benignità usò cogli Israeliti, un secolo di poi, Martino V.

Ma la persecuzione violenta della spada e del fuoco dona spesso, e non toglie, vigore ed energia alle nazioni: bensì toglie ad esse queste nobili qualità l'astuta ed abbietta persecuzione della corruzione lenta, e della vessazione continua ed oscura, che dissecca ogni fonte di vita, tronca i nervi d'ogni virtù; contamina, onde aver pretesto di calpestare; e toglie così alle sue vittime non solo la difesa, ma persino il compianto.

Di cotali persecuzioni ne offrirono esempi, e ne provaron gli effetti, anco popoli non circoncisi.

Le progressive modificazioni di quello d'Israele, del suo costume, dell'insieme delle sue condizioni sociali, servon di prova alle suddette verità.

Avvolto nelle sanguinose vicende che abbiamo accennate nel medio evo, straziato, proscritto, cacciato di terra in terra come un gregge immondo, si temprava al fuoco della persecuzione; non perdeva, anzi fecondava e nutriva nel suo seno, il germe delle scienze, delle arti e di ogni sapere. La filosofia, l'astronomia, la medicina, la matematica, ebbero fra gl'Israeliti ardenti seguaci; e lo spazio compreso tra l'XI ed il XVI secolo, fu per essi l'epoca più luminosa della scienza e della letteratura. In Ispagna fiorirono sommi ingegni di codesta nazione; ed ebbe scrittori, siccome nota Ritter nella sua Storia, i quali furono parte importante degli studi filosofici del medio evo. Le famose tavole Alfonsine ebbero per autori dotti Israeliti; molti di loro per lunga serie furono archiattri pontificj; ed altri, adoperati da vari Principi in cose di

Stato ed in ambascerie (fra' quali l'esule Abarbanel, dotto e nominato scrittore), corrisposero all'accordata fiducia con retto operare ed intemerata fede.

Il regno di Ferdinando ed Isabella, durante il quale fu decisa in Ispagna la lotta ostinata che da tanti secoli durava tra l'Islamismo e la Cristianità, vide la maggiore e la più tremenda di quante calamità avessero percosso il popolo d'Israele. Il grande Inquisitore Cardinal Torquemada imprese e condusse a fine l'enorme fatto di strappare 150 mila famiglie (circa 80,000 individui) alla terra ov'eran nate e vissute, e cacciarle alla ventura fuor de' confini del regno; e ciò col breve termine di tre mesi, senza concedere a quegli sbanditi di portar con loro oro nè argento. Fu veduto in quell'occasione «darsi una casa per un giumento, una vigna per una misura di panno o di tela»; ed un tanto numero d'infelici spogliati d'ogni bene, si sparse per i regni d'Europa, ove l'attendevano non men dure fortune. Parte veleggiò per Italia. Giunti a Genova, fu loro appena concesso di sbarcare al molo, ed ivi rimanere. Molti vi perirono di stento e di fame. Altri, confidatisi a scellerati padroni di nave, che piuttosto si mostrarono poi assassini o pirati, vennero traviati a spiagge lontane, e venduti come schiavi. Alcuni furon lasciati nudi sopra aridi scogli; ed i più, preferendo una pronta fine alla lenta agonia che li aspettava, si sommersero volontarj nel mare.

Quegli Israeliti invece, che per sottrarsi all'esilio ed a tutti i mali suddetti, aveano abbracciata la religione cristiana, erano vigilati dalle spie dell'Inquisizione, ed ove cadessero in sospetto di giudaizzare, tratti nelle carceri del tremendo tribunale. Ognun sa de' suoi roghi e de' suoi tormenti: ma non sanno tutti che in quel tempo si giunse (a Siviglia) persino a violare la santità de' sepolcri, col pretesto di disperdere anco le ceneri degli Israeliti, e col fine di rubare quanto di prezioso era stato sepolto coi loro cadaveri.

L'agitazione religiosa del secolo XVI, che tanti mali addusse all'Europa cristiana, fu cagione agli Israeliti di nuove e non minori sventure. Persecuzioni ed eccidi li colpirono negli anni 1541, 1554, 1559, 1574: nè il susseguente secolo sorse ad essi più mite; ma gli anni 1614, 23, 34, 48, 53, ricondussero su loro rinnovate le medesime crudeltà. Sino a un'età assai vicina alla nostra, al cominciare del secolo scorso, occorsero esempi di persecuzione brutale e violenta; e sotto il regno di Carlo I di Borbone, quegli Israeliti che, senza formar corpo o società separata, trovavansi in Napoli, ne furono per decreto del re interamente sbanditi.

CAPITOLO II

Con questo fatto si poneva finalmente un termine alla violenta persecuzione informata della ferocia del medio evo; ma ne sottentrava un'altra più o meno aperta ed ostile, secondo il diverso carattere degli Stati e dei Governi Europei: persecuzione, come abbiamo osservato, assai più fatale ad un popolo, e più efficace a condurlo ad una morale e materiale dissoluzione.

Questa persecuzione non è però generale ora in Europa, ed anzi è quasi cancellata dalle leggi e dalle tradizioni popolari in molti Stati.

In Inghilterra gl'Israeliti hanno superato ormai ogni difficoltà. Essi ottennero la facoltà di venir nominati alla carica d'Alderman e di Sceriffo, e la pienezza del diritto municipale. Il primo collegio elettorale del regno ha ora presentato uno di loro alla camera de' Comuni: fatto gravissimo, se si consideri il vincolo che stringe la Chiesa stabilita col potere sovrano.

L'Olanda appena sottrattasi alla dura dominazione spagnuola, era stata agli Israeliti larga de' suoi favori. Mentre ancora durava nel resto d'Europa la loro oppressione, ottennero quivi gradi, uffici e titoli di nobiltà; e all'occasione si mostrarono buoni cittadini, ponendo le sostanze e la vita in difesa di quella terra che tanto s'era loro mostrata ospitale. Il nuovo regno de' Paesi Bassi si attenne riguardo ad essi alla medesima politica.

In Francia, dalla Rivoluzione in qua, agli Israeliti sono concessi que' diritti medesimi che possiede ogni altro cittadino.

La Spagna ed il Portogallo, che più d'ogni altro Stato si mostraron crudeli contro gl'Israeliti, seguono ora l'esempio de' più civili popoli dell'Europa occidentale; ed è fatto curioso il vedere l'Ordine d'Isabella la Cattolica, di quella regina che tanto inesorabile si mostrò contro gl'Israeliti del suo tempo, appeso ora sul petto d'un Toscano di loro fede.

Il resto dell'Europa, che pur finalmente anch'essa si veste di più giusto e mite animo verso gli Israeliti, offre nonostante ancor molti esempi d'oppressione e d'ingiuste esclusioni.

In Prussia, al tempo della guerra sostenuta con tanto onore per l'indipendenza contro Napoleone, gl'Israeliti al par de' Cristiani adempirono al primo fra i doveri del cittadino, combattendo virtuosamente l'invasione. I principi germanici, ed il re di Prussia in particolare, ebbero grandemente a lodarsi di loro; e con editti ad essi favorevoli, ne premiarono i portamenti, e vieppiù ne accesero lo zelo.

Ma venuta la pace, ristabilito l'antico stato, si mancò a questa come ad altre promesse: si tolse agli Israeliti il poter occupare altri uffici oltre quelli ottenuti nell'ora del pericolo, e il venire ammessi come professori nell'università. Queste esclusioni si vennero tuttavia a mano a mano temperando; ed ora, combattute dalla stampa e dall'opinione, posson tenersi come totalmente cessate.

Negli Stati ereditari austriaci, ed in alcune delle parti che compongono l'impero, le condizioni degl'Israeliti son sempre poco liete. Il marchese di Saint-Aulaire dovette interporsi per liberare i sudditi francesi dalla tassa di soggiorno in Vienna, e dalla giurisdizione del Judem-Bureau. In Gallizia soggiacciono a molte vessatorie restrizioni, qual è l'antico balzello posto sovra ciascuna famiglia in ragione del numero de' lumi accesi da essa sulla lampada Sabatica.

Gl'Israeliti di Cracovia hanno inutilmente implorata dal Consiglio Aulico la continuazione di quelle leggi che li reggevano sotto la spenta repubblica; e si trovan ridotti a circostanze peggiori.

In Boemia, contro il voto dell'alta cittadinanza, il governo rese più miti le leggi sugli Israeliti, che poteron persino acquistare titoli di nobiltà, e vennero liberati dalle imposte eccezionali che gli aggravavano. Una cattedra di lingua e letteratura Rabbinica venne istituita in Praga.

In Ungheria invece, ha opposto il veto al desiderio della Dieta di accordar loro l'emancipazione.

Il re di Baviera si mostra avverso alla rigenerazione degli Israeliti: la qual cosa è cagione di numerose emigrazioni.

In Sassonia vengon loro concessi molti diritti civili. Nell'università di Lipsia non occorre abiurare l'Ebraismo per occupare una cattedra.

I granduchi di Sassonia-Weimar e di Mecklemburgo hanno francato gl'Israeliti dalle tasse eccezionali.

Nel Wurtemberg sono pressochè emancipati: possono esser eletti deputati, e divenire anco ministri.

Nel Ducato di Baden si sta consultando e discutendo sulla loro intera emancipazione. La città d'Amburgo si dispone anch'essa ad ammetterli nel diritto comune: e nel regno di Annover vennero accettati al servizio militare.

La Svezia e la Norvegia si vengono disponendo ad una riforma delle leggi sugli Israeliti. Il ministero ha ordinata un'inchiesta sulla loro condizione; e lo Storthing di Norvegia, sovra 81 voti, n'ebbe 58 (fra' quali ve n'eran tre di Vescovi) in favor loro. A questi atti d'ammenda e di riconciliazione in Boemia, in Svezia ed in Amburgo, corrisposero tosto gli Israeliti. Zeda Kaucer, Heim e Benedictus, disposero per testamento di varj milioni in favore delle città alle quali appartenevano; e vollero che fossero applicati ad istituzioni utili, senza differenza di fede.

Il partito preso dall'imperatore Niccolò sul fatto degli Israeliti, mentre per un lato appare enorme e crudele, mostra per l'altro l'intento di toglierli ai traffici ed all'usure che esercitarono da tempi antichissimi in quelle regioni, e ne furono un grave flagello, onde renderli invece agricoltori e possidenti. Non ho dati bastanti per farmi un'idea chiara della questione; ed il darne anche un breve, ma determinato cenno, come ho procurato trattando d'altri Stati, sarebbe avventato, e perciò me ne astengo.

Il Sultano Abdul Medjid si mostra favorevole agli Israeliti, e tende ad assimilarli ai Cristiani di tutte le comunioni, in ogni loro contatto col Governo. Essi sono ammessi nel nuovo istituto di pubblica istruzione.

Venendo ora all'Italia, dobbiam riconoscere che se essa si mostrò meno avversa delle altre nazioni agli Israeliti nel medio evo, non si può darle il medesimo vanto ne' tempi moderni; ed ora soltanto, grazie al Pontefice riformatore, spunta per quel popolo perseguitato un primo albore di miglior avvenire.

Ciò mostra che i modi tenuti cogli Israeliti furono e sono in ragione della maggior o minore civiltà de' popoli. L'Italia perchè più civile delle altre nazioni nel medio evo, fu con essi meno crudele; rimasta in seguito addietro, giunse più tarda a sentire la giustizia e il dovere della loro emancipazione.

In Piemonte la più antica legge che si conosca risguardante gli Israeliti, è del 1430. Si vede però dal suo contesto, che doveano esistere provvedimenti anteriori. Nel 1551 gli statuti permisero agl'Israeliti di prestar denaro sovra stabili, che alla scadenza potevano anco ritenere in pagamento, soddisfacendo alle tasse comuni. Nel 1576 Emanuele Filiberto permetteva di più; ed era loro lecito esercitar medicina e chirurgia, col consenso dell'Arcivescovo e del protomedicato. (Editto 5 Giugno 1576.)

Carlo Emanuele confermava le dette concessioni nel 1603; e sin qui la condizione degli Israeliti era in Piemonte assai più comportabile che in altre parti d'Europa.

Le regie costituzioni promulgate nel 1723-29-70, toglievano le concessioni di Emanuele Filiberto e di Carlo Emanuele, e stabilivano vessazioni non usate sino a quel tempo. Divieto di fondare od ingrandir sinagoghe, e soltanto licenza di racconciar le esistenti. Divieto di posseder beni stabili, salvo quelli ad uso di propria dimora, e di cimiterj. Ove un Israelita venisse ad occupare stabili in estinzione d'un debito, dovea venderli dopo un anno.

La Repubblica e l'Impero francese restituirono agli Israeliti i diritti civili, e li resero eguali agli altri cittadini.

La Restaurazione del 1814 richiamò in vita le antiche costituzioni, e le loro condizioni divennero più che mai triste. Gli studenti vennero espulsi dalle università e dalle scuole; i laureati dovettero scegliere tra l'ozio e l'esilio; i possidenti ebbero cinque anni di tempo a vendere i loro stabili; ed ogni ufficio, sì comunale che governativo o militare, fu negato agli Israeliti, che vennero di nuovo rinserrati nel Ghetto. Quivi ridotti, per campar la vita, al più abbietto commercio, vennero al tempo stesso esclusi da ogni pubblica beneficenza: dovettero da sè pensare ai loro poveri, validi od infermi che fossero; all'educazione de' loro fanciulli, limitata alla più elementare istruzione; poichè, esclusi dalle università e dall'esercizio d'ogni professione, non avean nè modi nè scopo, onde divenir esperti in scienza od arte veruna.

Alcuni possidenti ottennero però, per grazia del re Carlo Alberto, una proroga al termine fissato per la vendita de' loro stabili; nè venne loro mai negato di fondar nuove sinagoghe, quando ne occorse il bisogno.

Credo si possa affermare, essere gl'Israeliti del Piemonte al momento presente in peggior condizione di tutti gli altri loro correligionarj Italiani; ma l'esempio di Pio IX, ed il nobile assunto preso dal re Carlo Alberto di rinnovare e riformare lo Stato, promette prossimo il termine d'una tanto vecchia ed anticristiana ingiustizia.

In Toscana sino dal 1593 venne concesso agli Israeliti di poter liberamente esercitare il traffico, le arti ed ogni industria; e vennero fatti sicuri nella libera osservanza del loro culto, e ne' sacri diritti di famiglia.

Nello scorso secolo ebbero da Leopoldo I di poter godere dei diritti municipali.

Nel 1814 Ferdinando III abolì le loro giurisdizioni eccezionali, e li sottopose agli ordini ed alle leggi comuni, tutelandoli con speciali provvedimenti nell'esercizio del loro culto.

Leopoldo II gli ammise alla milizia cittadina.

Essi, ciò nondimeno, sono ancora soggetti alle seguenti esclusioni.

Non sono accettati nell'esercito; e nella tratta estraendo un numero marciante, debbono mandare un altro in vece loro.

Sono esclusi dalla professione forense; ed è da notarsi che la Laurea che vien loro concessa, non è però punto eccezionale nè limitata.

Sono parimenti esclusi dagli impieghi governativi; quantunque neppur in ciò vi sia legge espressa che lo vieti, come per quegli uffici ove è espressamente voluta la condizione di professare la religion cattolica.

Non pertanto, il Governo in alcuni casi ha introdotte eccezioni a questa consuetudine.

La nuova vita data ora all'Italia da' suoi Principi riformatori, s'è anco manifestata nel fatto degli Israeliti, rendendo generale tra' Cristiani il desiderio della loro rigenerazione, e più viva tra' primi la speranza e l'operosità per ottenerla. Il giorno 3 novembre una loro deputazione, presieduta dal signor Pardo-Roques, presentò all'ottimo Principe una domanda d'assoluta emancipazione, accolta paternamente dal Gran Duca, e confortata di buone speranze, che non saranno certamente vuote ed illusorie lusinghe.

Nel Regno Lombardo-Veneto e nel Ducato di Parma assai mite è la condizione degli Israeliti. Essi sono ammessi nella milizia, all'esercizio di molti pubblici impieghi, alla professione legale, e ne' consigli municipali. Ad un dipresso, le medesime leggi li reggono nel Ducato di Modena.

Nel Regno delle Due Sicilie non sono Comunità Israelitiche.

Passo ora agli Israeliti di Roma, che furono principale ed immediata cagione che io dessi opera a questo breve cenno; e dai quali, condotto dall'argomento e dalle attuali tendenze dell'opinione, mi son poscia esteso a parlare anco degli altri, tanto esteri che Italiani, e a trattare con qualche maggior larghezza la questione di principio, che si connette alla loro causa.

CAPITOLO III

Sotto il Pontificato di Paolo IV, nel 1554, furono gli Israeliti rinchiusi nel Ghetto.

Che cosa sia il Ghetto di Roma, lo sanno i Romani, e coloro che l'hanno veduto. Ma chi non l'ha visitato, sappia che presso il ponte a Quattro Capi s'estende lungo il Tevere un quartiere, o piuttosto ammasso informe di case e tugurj mal tenuti, peggio riparati e mezzo cadenti (chè ai padroni per la tenuità delle pigioni, che non possono soffrir variazioni in virtù del jus Gazagà, non mette conto spendervi se non il pretto indispensabile), nei quali si stipa una popolazione di 3900 persone, dove invece ve ne potrebbe capire una metà malvolentieri. Le strade strette, immonde, la mancanza d'aria, il sudiciume che è conseguenza inevitabile dell'agglomerazione sforzata di troppa popolazione quasi tutta miserabile, rende quel soggiorno tristo, puzzolente e malsano. Famiglie di que' disgraziati vivono, e più d'una per locale, ammucchiate senza distinzioni di sessi, d'età, di condizioni, di salute, a ogni piano, nelle soffitte e perfino nelle buche sotterranee, che in più felici abitazioni servono di cantine.

Questa non è la descrizione del Ghetto, nè d'un millesimo delle dolorose condizioni che, nel silenzio e nell'abbandono d'una miseria ignorata, si verificano fra le sue mura; ma vi è appena un cenno: chè a farne una giusta relazione, troppo ci vorrebbe.

Così per capi principali verrò toccando delle maggiori miserie che soffriva e soffre quest'infelice popolo.

Anticamente (si conosce per tradizione) gli Israeliti dovevano nell'agosto dare di sè turpe spettacolo alla plebe ne' così detti giuochi d'Agone e Testaccio; dovevano parimente precedere a piedi, fra gli oltraggi del popolo, la cavalcata del Magistrato Romano. Clemente IX li assolse da questa dolorosa cerimonia, mediante una prestazione di 300 scudi; e dai giuochi predetti, mediante un'altra di scudi 531. 17. a beneficio della Camera Capitolina.

Una deputazione de' Maggiorenti della Comunità Israelitica doveva presentarsi, il primo sabato di carnevale, al Magistrato Capitolino radunato in seduta pubblica, e fargli una prestazione in denaro, ed una umile allocuzione. Il Magistrato rispondeva brevemente, ed il suo capo congedava i Deputati con una parola di disprezzo. Ma questa cerimonia vergognosa poteva ella sussistere sotto un Pio IX? Egli l'abolì appena giunto al pontificato.

È vietato agli Israeliti il possedere beni stabili, professare arti liberali e che richiedano pubblica fiducia, come avvocati, notai, medici; e neppure i mestieri più comuni, di fabbro, scalpellino ec.: e per una strana e capricciosa eccezione, venne loro concesso, son pochi anni, di poter esser falegnami, tessitori di cotonine, ed ebanisti.

Alla casa de' Catecumeni sono pagati annualmente dagli Israeliti scudi 1100, e scudi 300 al monastero delle Convertite; e questo tributo non si appoggia ad altro titolo salvo la volontà di chi lo impose. Quando noi ci lagnamo che il Governo Inglese costringa i Cattolici d'Irlanda a far le spese ad un culto che non professano, ci lagnamo a ragione. Perchè, dunque, fare agli Israeliti quel medesimo che non vogliamo sia fatto a noi?

Molti pesi sono inoltre imposti agli Israeliti, a cui non soggiacciono gli altri sudditi; mentre a questi sono aperte tutte le vie dell'industria e d'un onesto guadagno, che ai primi sono chiuse.

Una tassa detta d'Industria e Capitali, attualmente pagata da 113 individui, di cui l'infima cifra è di sc. 4, la massima di sc. 150.

Alla Camera Capitolina, per ispesa de' pali ed apparature del Carnevale, scudi 831. 57. 1/2. Ora però la Commissione incaricata da Sua Santità di compilare lo Statuto del Municipio, e che così onoratamente e con tanta soddisfazione dell'universale ha saputo adempiere la sua missione, proponeva l'abolizione della prestazione suddetta.

Al Segretario del Vicariato, per la sua presenza alla predica alla quale debbono assistere gli Israeliti in Sant'Angelo in Pescheria, coll'accompagno altresì de' Carabinieri, scudi 73. 60.

Quanto questa predica, udita a forza e con tale apparato, conferisca a disporre gli animi ed aprire i cuori a quegli affetti che preparano le vie alla persuasione, ognuno lo può immaginare.

Al portinajo cui è commesso la guardia delle porte del Ghetto, scudi 163. 60.

Ai Parrochi delle circonvicine parrocchie, onde compensarli della popolazione cristiana che potrebbe occupare l'area tenuta dagli Israeliti, scudi 123.

Mancie prescritte di Natale e Agosto, scudi 205.

Apparati e palchi pel carnevale ad uso di pubbliche deputazioni d'ufficio, scudi 109. 92.

Legale, Computista, Esattore dell'Università israelitica, che debbon esser Cristiani, scudi 360.

Una tassa d'un bajocco sopra ogni libbra di carne. A ciò s'aggiunga, che non essendo gli Israeliti ammessi a partecipare della pubblica carità, del beneficio degli ospedali, dei lavori a sollievo de' poveri, ed essendo essi (e come sarebbero altrimenti?) la massima parte poverissimi, tantochè si calcola gli individui privi all'atto d'ogni proprietà ascendere a 2000; ne avviene necessariamente, che la loro sussistenza in istato di validità, e la loro cura in caso di malattia o di vecchiaja, ricade sui più facoltosi, i quali sopportano così un peso di soprappiù, che per gli altri sudditi rimane incluso ne' comuni balzelli e nelle generali imposizioni. Tantochè, una terza parte degli Israeliti Romani è costretta provvedere al mantenimento dell'altre due!

E dobbiamo aggiungere, in lode ed onore dell'Università Israelitica, che non ostante le strettezze cagionate da tanti ostacoli posti allo sviluppo della sua industria ed al fruttato de' suoi capitali, i poveri sono ajutati o col lavoro o coll'elemosine; gli ammalati, i vecchi, gl'impotenti, soccorsi di pietose assistenze e di medicine: cosicchè a quella misera e conculcata plebe sono prestati tutti quegli ajuti che comportano le angustie e le difficoltà d'ogni genere in che trovasi la loro piccola repubblica.

A questa carità che s'esercita sui bisogni materiali, s'aggiunga l'altra, anco più importante, che s'adopra a supplire ai morali: della quale si vedono i frutti nella conosciuta incolpabilità degli abitanti del Ghetto, che giammai, o rarissime volte, vengono in mano della Giustizia, ed è cosa inaudita siano accusati e presi per ladri.

CAPITOLO IV

Da questo breve discorso, e dai pochi fatti accennati, che non dipingono se non una porzione di ciò che fu fatto patire agli Israeliti, ne emerge, dunque: che, mentre in principio religioso e razionale è evidentemente ingiusto il tormentar gli uomini pel solo fatto della fede che professano, gli Israeliti sono stati lungamente tormentati per questo solo fatto, e non per altro.

Ma qual può essere stata la cagione plausibile d'una così lunga e strana e dolorosa contradizione? Dire che essa sia nata da fierezza e crudeltà d'animo, dall'intenzione deliberata di far soffrire, e vendicare il Cristianesimo delle offese fatte dagli antichi Israeliti al suo istitutore, non si può ammettere; chè troppo ripugna il macchiare con queste accuse, tante nobili e generose nature d'uomini, quali sorsero, vissero ed ebbero autorità nelle generazioni passate. Accusarne l'umana cupidigia? Ciò forse sarebbe possibile, trattando d'età remote; ma alle più vicine alla nostra, non è adattabile: poichè i profitti che si ricavano dalle tasse arbitrarie sovraccennate, se sono importanti quando escono dalle mani di chi ha troncata presso che ogni via di guadagno, sono però di poco momento quando si versano nel tesoro dello Stato. Tuttavia la cupidigia, non della parte alta del Governo ma di bassi subordinati, è forse cagione, in parte, che si mantenga in Roma l'antica oppressione degli Israeliti.

Dunque, una sola spiegazione resta accettabile: vale a dire, che l'oppressione in che si sono tenuti gli Israeliti sia stata ordinata allo scopo di condurli ad abbracciare la fede di Cristo; e che le persone rozze ed ignoranti vi abbiano applaudito e cooperato, con animo di punire di giunta sulle generazioni presenti la colpa degli antichi suoi padri.

Nello stabilire e nel dimostrare che l'intolleranza è ingiustizia; ed è lo stesso che dire, contraria all'indole ed alla lettera del Cristianesimo; aggiunsi che è insieme conducente non al trionfo della verità, ma all'ostinata diuturnità dell'errore.

Chi mai, interrogando se stesso ed il profondo senso del cuore, non riconosce che il convincimento è la più incoercibile, la più essenzialmente libera di tutte le operazioni dell'anima umana; quella che più si sottrae alla violenza, più si sdegna contro ogni giogo forzato, e più ostinatamente lo ricusa e lo scuote? Ed in prova, qual è il convincimento considerato complessivamente in una società d'uomini che si sia piegato o mutato sotto un'azione violenta? Quale la fede che si sia spenta nel sangue de' suoi martiri? Quale la setta, l'opinione sociale o politica, che sia stata convinta, convertita, e perciò abbattuta coi patiboli e colle torture? Piccole società unite dal vincolo d'una fede, si potrebbero spegnere uccidendone tutti i singoli individui, come s'usò coi Templari. Ma chi potrebbe fermar pure il pensiero oggidì sopra simile enormità?

Una fede, dunque, che non si possa o non si voglia combattere con queste scellerate armi, non sarà mai mutata e spenta con quelle che, quantunque in più temperato modo, vengono pure dallo stesso principio; vale a dire le persecuzioni, le oppressioni, le vessazioni.

Gl'Irlandesi rimasti cattolici, i protestanti francesi rimasti protestanti, lo dimostrano; ed è inutile citare altri somiglianti esempi, che a tutti ricorrono per loro stessi alla memoria ove si parli di persecuzioni religiose. E ciò che è accaduto pel passato, accadrà costantemente sino alla fine dei secoli; perchè non si mutano le condizioni dell'umana natura, e non possono perciò mutarsi gli effetti che ne derivano.

Le passioni, gli affetti, gli istinti che hanno più profonde e tenaci radici nel cuore umano, concorrono tutti a rendere invincibile la resistenza contro la persecuzione, anco quando detta resistenza non è mantenuta ed afforzata da soprannaturali pensieri. L'orgoglio offeso, la libertà conculcata, l'ingiuria sofferta, e la sete d'averne in qualche modo vendetta, bastano ad infondere nel debole quell'ostinata e lunganime energia di resistenza, che non si spaventa della morte o del supplizio, non si stanca della sistematica persecuzione, ma giunge a stancarla, e ne trionfa sempre alla fine. L'uomo posto in balía d'una forza prepotente, contro la quale non ha difesa, che lo calca sotto i piedi, lo tormenta, lo strazia in mille modi per aver vittoria della sua volontà, si riduce alla disperata voluttà che sola rimanga all'oppresso, di non voler dare all'oppressore il gusto della vittoria; e gli dice, o lo pensa, se dirlo non osa: «Tu sei di tanto più forte di me; ma con tutta la tua forza non otterrai di sottomettere la mia volontà.» Questa soddisfazione d'un orgoglio sdegnato si compra con ineffabili dolori, è vero; ma l'amaro patto è accettato dagli uomini quasi sempre, ce l'insegna la storia: chè tale è la nostra natura.

E ciò può avvenire, ed avviene, per effetto soltanto di passioni o colpevoli, o almeno non virtuose, del cuore umano.

Ma se alla forza che queste imprimono, s'aggiunga quella prodotta da' sentimenti e credenze sincere; quanto più vigorosa non ne diverrà la resistenza, quanto più arduo l'ottenerne vittoria per le vie del terrore e della violenza? E quante volte l'errore non è egli sinceramente creduto verità, e come tale generosamente propugnato?

Nobili cagioni, ovvero passioni colpevoli, o non lodevoli per lo meno, possono dunque egualmente, secondo i casi, render vane e deridere tutte le furie della persecuzione. Siccome è assai raro che le cause moventi delle nostre azioni siano assolutamente buone o assolutamente cattive, ed hanno quasi sempre un'indole complessa e composta di bene e di male; perciò quasi sempre la resistenza alla persecuzione fondandosi sui più nobili affetti come sui più appassionati istinti del cuore umano, ne acquista forza doppiamente invincibile: e perciò chi conosce una verità, ne è convinto e vuol convincere altri, dee (se pur è sincero, e se lo zelo per la verità non gli serve di coperta ad ignobili fini) usar riguardo grandissimo onde non raddoppiare i motivi di resistenza, destando nei cuori le anzidette passioni, e non ridurre una questione di principj ad una questione d'orgoglio, di puntiglio o di vendetta.

Chi vuol persuadere, deve conciliarsi il cuore, prima di dar l'assalto alla ragione: chè (persuadiamocene) la simpatia, l'affetto che sa ispirare il persuasore, forma sempre i tre quarti della persuasione. E in qual modo s'ispira amore e simpatia? colla violenza, coll'oltraggio, col tormentare? ovvero colla mansuetudine, colla carità e col beneficio? E quegli che la Chiesa ci presenta qual tipo e modello in terra della sapienza divina, quale de' due modi teneva? Quale ci comandava, e c'insegnava coll'esempio? C'insegnava quello che è solo utile, solo accettabile, perchè solo profittevole. E perchè, dunque, all'atto pratico teniamo il modo contrario?

A voler ridurre gl'Israeliti ad abbracciar la fede di Cristo, dovevamo, ad esser razionali, porre invece immensa cura onde non potessero tenersi nè offesi, nè oltraggiati da noi: dovevamo comprenderli ed abbracciarli in quella carità universale che è un precetto, non un consiglio, affinchè la passione dell'ingiuria sofferta non sorgesse mai qual argine insuperabile, tra la persuasione e la volontà, tra la fede ed il cuore, che doveva amarla per poterla accettare: dovevamo tenerci cari, chiamar fratelli, colmar di beneficj coloro che volevamo ridurre nelle nostre vie, come fecero Gesù Cristo e gli Apostoli. E se tenendo altri modi non ci fosse venuto fatto il convincerli, non avremmo almeno a sentir rimorso del nostro operato; nè saremmo ridotti a riconoscere, che se la fede nostra non è entrata in que' cuori, la colpa è assai più nostra che loro.

Gran meraviglia veramente che uomini sottoposti ad ogni momento della loro dolorosa vita a qualche oltraggio, a qualche strapazzo od angheria, non abbiano il cuore aperto per chi è ministro del loro soffrire! come non trovino desiderabile e da amarsi la legge che questi loro tormentatori professano!

CAPITOLO V

Figuriamoci (chè alla fine bisogna internarsi nelle cose e venirne al concreto) lo squallore d'una delle povere famiglie di Ghetto, radunata in quell'oscura ed immonda tana, ove nasce, ove cresce e vegeta la sua povera vita, e sempre soffrendo si spegne ignorata nelle malattie e nella miseria. Ma, Dio buono! sotto que' cenci, in quel sudiciume, in quella privazione d'ogni bene morale e fisico, vi sono uomini come noi, uomini e non animali, non cose: uomini che la nostra legge, che le leggi più elementari dell'umanità ci comandano di avere in conto di fratelli; vi sono cuori che eran da Dio destinati a goder le ineffabili letizie dell'infanzia, le gioje della giovinezza, le forti passioni della virilità, e gli estremi e placidi conforti della vecchiaja; vi sono cuori di figli, di mariti, di spose, di padri; qual diritto v'era di conculcare tanti affetti, di spegnere tante gioje, di deturpare tanti doni di Dio, calpestar tanti germi utili e generosi, di infrangere tante vite, di contristare tanti spiriti immortali?

Figuriamoci quel povero Israelita che è padre e sostegno di questa famiglia, che avrebbe avuto da Dio forza ed intelletto onde esercitare un'arte o un mestiere, divenire un buon operajo, veder la famigliuola crescere e fiorire nella competente agiatezza della povertà industre, partecipare a que' beni, a que' misurati spassi che la Dio grazia sono ottenibili anco dal povero, purchè non gli sia tolto il lavoro; vediamolo ritornare nella sua trista buca dopo un giorno speso a correr le vie della città pel suo lurido commercio di cenci, arrecando con sè o nullo o scarsissima frutto di sua fatica; entriamo in quel cuore, e pensiamo quale debba essere, mentre considera la crudele violenza che toglie dal sangue suo non gli agi, le delizie de' ricchi, ma il pane, ma l'aria, l'aria salubre, la luce, il sole, que' tesori tanto largamente profusi da Dio, onde sian comuni al debole come al forte, al ricco come al mendico! Qual ira, qual odio disperato non deve rodere il cuore di quell'infelice? Qual orrenda maledizione non deve egli scagliare contro coloro che sono cagione della sua miseria, del lento strazio della sua famigliuola, contro la Legge che seguono? Chè la disperazione rende ingiusto, nè rimane in potestà del disperato entrare in distinzioni, e dare la ragione od il torto con giusta misura.

Figuriamoci che, deposto appena il fastello di cenci che ha riportato dalla sua cerca, sia appunto il giorno in che è costretto andar sotto la scorta de' carabinieri in S. Angelo a sentir la sua predica; pensiamo qual animo debb'essere il suo nell'avviarsi, nel sedere in Chiesa, nell'udire quella parola di Carità e di Pace, che per lui si volge in un tanto atroce dileggio! Quali disposizioni può avere per cavarne frutto? Non è forse connaturale alla struttura del cuore umano, ch'egli invece, a sfogo d'uno sdegno, d'un odio così forzatamente represso, e che non ha altre vie di soddisfarsi, dica in cuor suo: «Tu puoi bene costringermi ad udirti, ma il gusto di vedermi persuaso non l'avrai in eterno!»

E quest'uomo, preso all'opposto per le vie della giustizia, della carità, dell'amore, aveva forse un'anima generosa, un cuore accessibile a verità, a speranze auguste ed ineffabili; non avrebbe passata la vita nella maggiore tra le miserie del corpo, l'impossibilità del lavoro; e nella più amara tra le miserie dell'anima, la necessità dell'odiare. E come è stato spogliato di que' beni che eran suoi, perchè avuti da Dio? come è stato sepolto in un abisso di guai, ai quali non l'aveva Iddio condannato? chi ha spenta per esso l'ardente fiaccola della carità e della fede? chi l'ha respinto, rigettato dal Cristianesimo; da quella legge che anco i non credenti rispettano ed ammirano qual simbolo d'unione tra gli uomini, di concordia, di civiltà universale?

L'ha respinto la cieca intolleranza. V'è chi ardisca negarlo? v'è chi possa dire che non son vere le mie parole, non reali le cause, e conseguenti gli effetti che ne ho desunti?

Se la teoria dell'intolleranza è oramai esclusa dall'opinione delle classi colte, ha però ancora molti seguaci tra il popolo: ed è triste e doloroso spettacolo veder talora, cagione gli antichi pregiudizj, il popolano povero e condannato a molti stenti, a molte miserie, e che dovrebbe perciò aver viscere di compassione per chi gli cammina al fianco in questa dolorosa via, render invece più duro ed acerbo il viaggio del suo compagno, perchè non professa la sua medesima legge!

Cerchino le classi colte, nel contatto che hanno colle inferiori e più rozze, di cancellare questi odj, questi pregiudizi, queste ruggini antiche, contrarie alla carità evangelica e ad ogni viver civile. La repulsione che ancora sussiste fra il popolo contro gli Israeliti, nasce principalmente dall'idea che la loro razza sia maledetta. Ma Gesù Cristo spirante in sulla Croce, non perdonava forse persino a coloro che ve l'avevano confitto? non pregava forse per loro? Si dovrà dunque cercare appello da una sentenza d'assoluzione, d'amore e d'oblio, pronunziata dal Redentore? Ma vi fosse anco, e fosse aperta ed esplicita una maledizione su quell'infelice popolo; chi potrà mostrarmi egualmente aperto ed esplicito il comando a noi d'esserne esecutori? Dove sta scritto che i Cristiani debbano farsi i carnefici degli Israeliti? Io vedo scolpita in ogni pagina del Vangelo l'idea d'una carità che non distingue nè individui, nè nazioni; che stringe nel suo abbraccio fraterno tutti i popoli della terra, e li chiama fratelli: ma non trovo una sola parola che ne dia autorità di respingere, d'aver in odio e disprezzare o tormentare nessuno.

CAPITOLO VI

Di un'accusa mi rimane ora a tener discorso; la quale creduta giusta e fondata da molti, è fonte di ripulsione e d'ostilità contro gl'Israeliti.

Molti stimano che la morale da essi professata li guidi e li freni soltanto nelle loro relazioni scambievoli, e si muti o si rallenti ove abbiano a trattare con uomini di diversa fede. Se ciò fosse vero, la loro Comunità sarebbe certo barbara, selvaggia, e da combattersi e distruggersi, o almeno conculcarsi tanto che non potesse nuocere: ma ciò invece è assolutamente falso.

Che talvolta, ove il potessero a man salva (e certo fu raro), uno o più Israeliti si siano macchiati d'atti violenti o crudeli contro i Cristiani, non so se debba affermarsi; perchè questo, come ogni altro delitto, vuol prove ond'esser tenuto certo. Ma poniamo siano realmente accaduti cotali fatti. È forse maraviglia che uno sdegno, un odio generato da ingiuste ed atroci persecuzioni, e lungamente impotente d'ogni vendetta o difesa, si sia alla fine sfogato con atti anco scellerati? Di siffatti delitti la prima colpa ne sarebbe dovuta ai Cristiani ed alle loro persecuzioni; la seconda a quegli Israeliti, che, anco eccitati, avrebbero pur dovuto astenersi dal mal fare. Ma per darne la colpa alla morale ad essi insegnata da' loro maestri, converrebbe che di tale infamia si trovasse traccia ne' loro scritti, nelle tradizioni, nell'insegnamento orale; e niuno può dire che vi si trovi.

Arte vecchia della frode è dire altrui:—Tu pensi ed insegni e predichi la tale enormità;—e chiuder l'orecchio alle proteste contrarie; chiuder gli occhi alle prove, ai fatti che dimostran falsa l'accusa, onde aver diritto di sevire, odiare, perseguitare; e poter mostrar di farlo per zelo del vero e del giusto, per tante e virtuose cagioni.

In ogni età fu usata quest'arme contro coloro che si volean conculcare.

Fu usata contro i primi Cristiani, ed ognun sa come le loro Agape fosser tenute tenebrose assemblee ove si commettessero oscene ed atroci enormità, si scannassero fanciulli, si violasse ogni legge d'umanità e di natura. In tempi meno remoti, non la pratica soltanto d'alcuni Cattolici, ma l'insegnamento della Chiesa Cattolica, fu accusato d'idolatria, e non valse mostrare scritto, predicare, dichiarare il contrario. L'accusa fu mantenuta, pretesa vera, innegabile dai più.

Il modo, invece, equo e razionale nel giudicar la fede, le opinioni, la morale d'un individuo o d'una società, è lo stare alle sue dichiarazioni, alla professione ch'esso od essa ne presenta e riconosce per sua. Se poi non vi corrisponde la pratica, questa s'accusi, si giudichi, si condanni; e si condannino gli uomini che la seguono, falsando le opinioni da essi dichiarate utili e vere: ma non si condanni, nè si tenga iniquo corruttore il precetto, mentre esso invece insegnerebbe il contrario.

Le accuse di atti crudeli, d'uccisioni di bambini, di stregonerie, mosse in tempi più rozzi contro gl'Israeliti, sono omai fole che non posson metter radice nella civiltà e nella coltura presente; e il doloroso fatto di Damasco nel 1840, del quale fu scoperta la verità ed ottenuta giustizia da Sir Moisè Montefiore e dal giurisperito Cremieux, mostra appunto che soltanto in una società rozza ed ignorante possono trovar fede somiglianti stravaganze.

Ma un'altra taccia, più conforme al costume ed all'uso del tempo, e perciò più credibile, s'appone agli Israeliti: quella d'una mala fede non solo sistematicamente praticata nelle loro contrattazioni co' Cristiani, ma permessa dalle loro leggi, e dalla loro morale.

Se la mala fede ne' traffici, se l'usure imbrattino più gli Israeliti o più i Cristiani nel consorzio civile della società moderna, è questione che non intendo sciogliere, e non importa al mio assunto. Ma la suppongo per un momento decisa in favor nostro: ammetto che l'usura, la frode nel traffico sia special pecca degli Israeliti. Ma viva Dio, essi non possono possedere, nè farsi perciò agricoltori; non possono studiare, esser avvocati, notai, medici, chirurgi; non possono occupare impieghi pubblici; respinti dalla Società, non ne ottengono amministrazioni private, non possono esercitar arti o mestieri se non pochissimi, ed incontrano anche in questi ogni difficoltà per farvisi esperti: tutte le vie son chiuse per loro, tutti i modi negati onde campare onestamente la vita; ed a queste legali esclusive s'aggiunge, o almeno s'è aggiunta sin qui, l'altra più tremenda, dell'anatema del disprezzo, più o meno aperto ed esplicito, de' loro concittadini; contro il quale non è natura d'uomo o di popolo tanto ferrea, tanto intera ed ardita, che non ne fosse fiaccata, resa inerte, incapace d'ogni qual cosa richieda virtù, prontezza ed energia. E dopo che, per colpa nostra, sono gli Israeliti ridotti a queste tristi ed abbiette condizioni; dopo che, per non morir letteralmente di fame, una sola via vien loro lasciata, quella del commercio e del giro del denaro; ci vorremmo stupire che non fossero intemerati e scrupolosi fautori della più rigida onestà, che non avessero gelosa cura di non ledere i nostri interessi ne' contratti stretti coi loro persecutori?

Ma la verità del fatto che nelle contrattazioni sieno più sleali gli Israeliti dei Cristiani, è per lo meno molto dubbio. È certo ad ogni modo, ch'essi sono meno onesti ne' paesi ove essendo più tormentati, caddero necessariamente in una maggior degradazione morale: ne' luoghi invece ove ebbero più miti gli uomini e le leggi, d'altrettanto divennero migliori e più morali, trovandosi liberati dall'ingiustizia e dallo sprezzo, che corrompe ed invilisce; e sorretti invece dall'equità e dalla benevolenza, che guida alla virtù, rende l'uomo confidente e giusto estimatore di se stesso, e perciò capace di nobile ed onesto operare.

Alla fine poi, qualunque fossero i loro modi coi non Israeliti, non se ne può incolpare le loro leggi e la loro morale.

Esaminando ambedue dai primi tempi fino ad oggi, io non trovo se non precetti che tendono alla carità ed all'amore del prossimo, senza distinzione di culto o di fede.

Eviterei al lettore il fastidio delle citazioni se non fosse egualmente giusto ed importante il chiarire la verità, e purgarla da pregiudizj tanto radicati.

Comincio dalla legge di Mosè, e scelgo pochi esempi tra moltissimi.

La Legge di Mosè condanna a morte il padrone che percuote lo schiavo anche Cananeo, sino ad ucciderlo (Esodo XXI, 20).

Comanda di non abborrire gli Egizii, in grazia dell'ospitalità da essi accordata un tempo agli Ebrei (Deut. XXIII, 8).

Esprime una distinzione tra l'Israelita ed il non Israelita (Nocri, la quale voce significa uomini di nazione straniera, e non d'altra religione, che convivessero cogli Israeliti), non trattandosi di leggi d'onestà universale, ma solo trattandosi di speciali disposizioni di fraternità e benevolenza; verbigrazia:.

1° Di non domandar censo per denari prestati (Deut. XIII, 20, 21).

2° Di non esigere crediti anco recenti spirato l'anno sabatico (Deut. XV, 1. 3.); ec. ec.

Nella Storia Sacra, Giacobbe maledice l'ira di Simeone e Levi, e l'eccidio de' Sichemiti, il cui principe avea pure sforzata la loro sorella.

Giosuè rispetta il giuramento fatto ai Gabaoniti, benchè dannati da Dio all'esterminio, e sebbene il giuramento fosse stato dolosamente carpito.

I Talmudisti danno il precetto ama il prossimo tuo come te stesso, quale epilogo di tutta la legge; e la voce ebraica Neang (prossimo) esprime ogni uomo, e non il solo Israelita, poichè trovasi ancora usata per esprimere Egiziano. Vietano di fare altrui illusione, anco al non Israelita. Vœtitum fallere homines etiam gentiles. Verbigrazia, di presentarlo di cosa alcuna facendogliela credere di maggior valuta che non è in effetto (Talm. Bab. Chollin, fol. 94.)

Condannano alla restituzione chi ruba il Goi (infedele); e tengono anzi maggior colpa derubarlo, che non l'Israelita, poichè ne rimane profanato il nome di Dio (Josaftà, Kamà, cap. 10.)

Maimonide, uno dei più autorevoli Talmudisti, vivente in Spagna nel secolo XV, dice espressamente: «Chi trafficando coll'Israelita, come coll'Idolatra, usasse falso peso o falsa misura, contravviene ad un divino precetto, ed è tenuto alla restituzione etc. . . . . . Calcolerai col tuo compratore.—Il qual testo tratta di un non Israelita tuo suddito...: quanto più dovrai osservare tal legge con chi non è a te soggetto? D'altronde la Scrittura dice: È in abbominazione all'Eterno chi tali cose commette..., ognuno che commette ingiustizia. Proposizione assoluta e senza alcuna condizione.» (Trattato Ghenevà, cap. 7.)

Affermano che quando il Salmista (Sal. XV. 5) encomia chi presta il denaro senza interesse, intende quando si faccia anche col Goi (Talmud bab. Maccoth. fog. 24.)

Potrei aggiungere molti altri testi dello stesso tenore, ma lo stimo superfluo.

In opposizione a queste massime tendenti a stringer vieppiù fra gli uomini i vincoli sociali, ve ne sono, è vero, ne' codici Talmudici e nei libri Rabbinici alcune invece che spirano odio ed intolleranza: ma è da considerarsi essere i due codici Talmudici, tanto il Gerosolimitano che il Babilonese, stati compilati mentre ancora vigeva il Paganesimo, il quale si rendeva doppiamente odioso agli Israeliti col peccato d'idolatria, il più abborrito da essi, e colla crudeltà della persecuzione. I libri degli antichi Rabbini furono anch'essi scritti sotto l'impressione dell'odio e dello spavento che dovevan destare le orribili sevizie del medio evo: ma nessuna di queste autorità è accettata o riconosciuta dai Rabbini, o dagli Israeliti presenti; e tenerli capaci di porre in pratica massime unicamente derivate da passioni e da circostanze straordinarie, sarebbe lo stesso che creder capaci i Cristiani del secolo XIX di riaccendere i roghi dell'Inquisizione.

CAPITOLO VII

Ora dunque, riassumendo il mio discorso, mi sembra dimostrato che l'intolleranza e le persecuzioni che ne derivano, non solo sono ingiuste, contrarie alla ragione, ai comandamenti dell'Evangelo ed agli esempj di Gesù Cristo e degli Apostoli; non solo sono inefficaci ad ottenere lo scopo cui sembran dirette: ma gli sono contrarie, conducono all'effetto diametralmente opposto; e nel caso degli Israeliti, l'appoggiarle ad una maledizione che pesi sulla loro schiatta, o al desiderio della loro conversione, o alla corruttela della loro morale, non è nè da Cristiano, nè da uomo retto e razionale. E mi sembra egualmente provato, che la tolleranza non è indifferenza per la fede e la religione; ma è anzi zelo pel suo trionfo, e il miglior modo di procurarlo.

Ma a questo punto ringrazio di cuore Iddio, che tutto il detto sin qui si riferisca oramai assai più al passato che al tempo presente. L'emancipazione civile degli Israeliti è stata incominciata, e sarà immancabilmente compiuta da quel Pontefice che ha saputo cogliere e riunire nella sua mano benedetta tutte le palme della virtù e della carità evangelica.

Ad istanza e per opera di Don Michele Caetani, Principe di Teano, fattosi virtuoso ed illuminato promotore della causa degli Israeliti, Pio IX ha confidato ad una Commissione l'esame de' loro giusti reclami, e la cura dei modi atti a render loro piena giustizia. Primi effetti di queste disposizioni sono stati la permissione d'allargarsi ne' Rioni adiacenti al Ghetto; con che ne verrà spazio ed agio maggiore a coloro che vi rimangono.

La vergognosa cerimonia del sabato di carnevale in Campidoglio, ed il tributo che v'era annesso, furono, come accennammo, l'una e l'altro aboliti. A questi primi passi terranno dietro certamente tutti gli altri, finchè sia completo questo grande atto di giustizia. Un nuovo passo sta intanto per muoversi; l'ammissione degli Israeliti nei ruoli della Guardia cittadina. Pio IX vi ha dato il suo consenso; onde si può tenere la cosa giudicata irrevocabilmente in principio. Quanto alla pratica, sembra s'incontri qualche difficoltà: sembra vi sia il timore, forse non interamente fuor di proposito, che nel Rione ove dovrebbero gli Israeliti concorrere al servizio cittadino, non siano del tutto spente le vecchie repulsioni, e potesse col contatto tra essi ed i Cristiani nascere qualche scandalo.

Se per una parte è prudente tener quelle vie che possono antivenirlo, per l'altra è giusto e conveniente cercar un ripiego, onde non sia loro tolto il poter partecipare agli effetti di quella onorata e leale fiducia che dimostrò il Pontefice al Popolo dello Stato e di Roma. Ripensando il lungo patire di quella sventurata nazione, respinta per tanto tempo da tutti i beni e i vantaggi del viver civile, del quale bensì dovea sostenere raddoppiato ogni peso; ripensando l'ingiusto disprezzo onde fu segno, le dolorose umiliazioni delle quali ebbe a bere il calice sino alla feccia; come non sentire il desiderio, il bisogno di una riparazione pronta ed aperta quanto è possibile?

Come non provare quel senso di rispetto e di premura sollecita che desta una sventura immeritata e sostenuta con longanimità e fortezza?

Qual gioja, qual soddisfazione può immaginarsi al mondo maggiore e più pura di quella di poter farsi istrumento di giustizia e di misericordia?

Chi mai potrebbe, ove fosse scelto al dolce ufficio di spalancare all'innocente prigioniero le porte del carcere, di restituire il suo a chi n'era stato violentemente spogliato, di ridonar l'onore a chi ha patita immeritata ignominia? chi potrebbe non sentire una fretta smaniosa d'adempiere l'augusto incarico? Certamente questi virtuosi sensi albergano in cuore di coloro che sono ordinatori e guida della Guardia cittadina; e sapranno trovar modo onde conciliare la prudenza colla giustizia, e col desiderio che provano senza dubbio di stender senza ritardi una mano amica a chi sinora non ebbe se non scherni e ripulse.

Per quanto non creda ufficio mio il dar consigli a cui compete l'ordinare il servizio della Guardia, stimo però mi sia lecito esporre modestamente un mio pensiero.

Se lo scrivere ne' Ruoli tutti gli Israeliti che a norma della legge e dell'età vi sarebbero compresi, può esser origine di qualche inconveniente, non si potrebbe ristringersi ad un minor numero, e scegliere da una nota presentata dall'Università stessa degli Israeliti, quegli individui che pel loro stato, il loro costume, i modi, la coltura, fossero atti a conciliarsi gli animi, e rimuovere ogni idea scortese, ogni senso di repulsione?

E se ciò non fosse stimato bastevole, non si potrebbe provvisoriamente dividerli in modo che prestassero l'opera loro ne' varj Rioni separatamente; e si trovassero così frammisti a coloro che per idee più giuste, e per civile educazione, stimerebbero dovere e sentirebbero gioja d'accoglierli come amici e fratelli?

La Guardia cittadina di Roma presa nel suo insieme non potrebbe certamente aver altri sensi che questi. Formata con magica rapidità in un momento di pericolo, essa ha mostrato vigore, energia, prontezza e prudenza degna d'un corpo che contasse lunghi anni di esperienza e di vita. La vista di que' cittadini che pel passato, e sino a pochi mesi fa, attendevano soltanto ai diversi uffici della vita civile così disformi da ogni idea ed esercizio della milizia, posti ora in fila, ed esperti così presto dell'atteggiarsi, del muoversi militare, del maneggio delle armi, de' doveri del soldato, lo sa Iddio qual profondo senso di gioja mi abbia destato in cuore. Qual dote di nobili e generosi sentimenti non è accennata e sottintesa da questi fatti? Il solo pensare che uomini di così eletta natura potessero non dico ripugnare ad accogliere tra loro chi sinora fu così a torto proscritto, ma non sentir pienamente quanto sia degno ed onorato l'atto che li ritorna alla esistenza, all'onore di cittadini, sarebbe imperdonabile ingiuria; chè i più avversi ed ostinati detrattori del popolo Romano non osarono mai dargli taccia di basso e poco generoso sentire. Nè tempo, nè servitù, nè traversie di fortuna, bastarono a cancellare quel suggello di generosità e di grandezza che gli fu impresso dall'antica sua virtù, ed è ancora allo straniero cagion di stupore e di meraviglia: tutto si può sperare da un tal popolo; e stare in dubbio, all'opposto, ch'egli non senta quanto sia bello il riparare l'ingiustizia e l'onorar la sventura, sarebbe, lo ripeto, fargli ingiuria, ch'egli è ben lungi dal meritare.

Questa giustizia che trova, come ogni atto virtuoso, il suo premio in se stessa, avrà poi altro prezioso guiderdone; la gratitudine, le benedizioni di chi n'è fatto segno. Quanto esse possano esser calde e vivaci, lo vediamo da ciò che accade in Toscana. I redattori del giornale di Pisa L'Italia, uomini eletti, di nobil cuore, onore di quello Studio e d'Italia, come sa ognuno, e come appare dal loro giornale, hanno presa a difendere la causa degli Israeliti. Quelli di Livorno hanno tosto pubblicata una lettera, nella quale è il passo seguente:

«Voi ci chiamate fratelli! Questa parola varrebbe essa sola a cancellare la ricordanza di tanti secoli di umiliazioni e di dolori. Questo dolce e santo nome noi lo accettiamo colla coscienza di meritarlo, perchè noi pure intendiamo di cooperare al bene d'Italia nostra, che fu sempre in cima de' nostri pensieri; perchè ci sentiamo nell'anima fratelli a quanti per essa patirono, a quanti s'allegrano all'idea del suo prossimo risorgimento, a quanti son pronti sagrificare per lei gli agi, le sostanze e la vita.»

Queste semplici parole, quando le lessi, mi penetrarono il cuore, mi commossero profondamente; tanto è l'affetto, tanta è l'effusione di sincerità che da esse traluce: e pensai fra me stesso, quali nobili e preziose soddisfazioni rifiutano e sprecano gli uomini coll'amara e superba pazzia dell'intolleranza e delle persecuzioni! E qual fonte di gioje, di felicità, di profitti scambievoli, potrebbero all'opposto trovare nel rispetto de' diritti di tutti, nell'onorarsi ed amarsi gli uni cogli altri; come c'insegna quel Codice che più di tutti mostra la via per la quale abbia l'uomo a cercare la sua vera e stabile felicità!

Ma se questa via, la civiltà cristiana l'aveva in parte smarrita; se, purtroppo! in molte parti ed in molti casi, professando una dottrina in parole, la rinnegavano nei fatti; e chiudendo gli occhi all'eterno sole della giustizia e della verità, concludeva invece ed operava a norma dell'errore e dell'iniquità: ora Iddio, pietoso delle sue creature, ci ha mandato chi ci rimetta sul buon cammino, e ci sia guida e sostegno onde non ismarrirlo per l'avvenire.

I primi operai dell'Evangelio conquistarono il mondo colla mansuetudine, colla giustizia e col sacrificio: coll'armi medesime l'ha conquistato Pio IX. Egli ha conosciuto quali siano le vere ed inconcusse basi sulle quali si fonda quella religione ond'egli è Capo e difensore in Terra; e conoscendo del pari, quali cagioni le avessero smosse, ponendo l'edificio in puntelli, spegnendo nel cuor degli uomini l'affetto, il desiderio di tutelarlo e sorreggerlo, ha saputo scoprire la vera radice del male e mettervi risolutamente la scure: e quali effetti egli abbia ottenuto, lo vediam tutti; lo vede il mondo, che attonito e riverente assiste al grande spettacolo d'una trasmutazione sospirata tanto e così poco sperata, eseguita senza violenza, senza sangue, senza una lagrima; ed anzi col bene, col profitto di tutti, coi soli istrumenti e le sole potenze della giustizia, della mansuetudine e della carità.

Questa trasmutazione si sta operando al tempo stesso nel mondo materiale e nell'intelligenza del mondo soprannaturale; e quella virtù che opera beneficamente sul primo, agisce per propagata potenza anche sulla seconda. Se la legge cristiana ammonisce gli uomini che il loro passaggio sulla terra è tempo di prova, e preparamento ad un futuro migliore, e perciò soltanto epoca di transizione; offre però nello stesso tempo la formula, per dir così, del maggior bene e della minore infelicità possibile in questo loro passaggio. Nè porge i precetti che frenano e dirigono i loro intelletti ed i loro cuori, quali capricciose prove imposte all'uomo nella sola considerazione della vita futura, de' gastighi da evitarsi o de' premj da conseguirsi; ma insieme li presenta come una manifestazione delle condizioni necessarie all'uomo onde viva meno infelice; come tesoro di sapienza offerto innanzi tratto all'umana specie; come un'anticipazione sull'esperienza: e gli uomini trovano ne' semplici ed angusti precetti dell'Evangelio un insieme di leggi morali, che, accettate quali fondamenti delle sociali e delle politiche, li condurrebbero a tutta quella libertà e quell'eguaglianza che può ottenersi onestamente e ragionevolmente nell'umana società: leggi che applicate alla pratica rendono gli uomini giusti, mansueti, generosi, amorevoli scambievolmente: gli impediscono perciò d'opprimersi a vicenda, e d'accrescere per opera e volontà loro quella misura d'infelicità e di miserie, delle quali Iddio per gli arcani suoi fini dispose sopportassero il triste retaggio.

Gli pone, per conseguenza, in quella condizione che porta con sè la minor dose d'infelicità, o la felicità maggiore che sia ottenibile sulla terra.

Quindi ne seguì sempre, e sempre ne seguirà l'effetto, che più la legge evangelica sarà applicata ed osservata, più sarà generale la giustizia, la carità, la vera libertà fra gli uomini; i quali, per conseguenza, più si troveranno felici, e più saranno devoti ed amanti di quella legge che è per loro origine di tanti beni: e questo bello e fortunato ordine del mondo materiale, sarà come un allettamento, un'introduzione al mondo soprannaturale, alle idee che lo dominano e lo dirigono. In altre parole, i benefici effetti dei precetti evangelici, essendo fonte di bene e di felicità terrena, saranno argomento agli uomini della loro divina origine; la civiltà sarà prova, sostegno ed allettamento alla Religione. Mentre invece, ove la Religione si faccia setta ed istrumento politico, pretesto o coperchio d'oppressioni e d'ingiustizie, nemica della civiltà; verrà rigettata dalle moltitudini, che da' suoi mali effetti trarranno argomento per negarle un'origine divina.

In questa forma stabiliva Iddio le cose di quaggiù; e nella forma medesima fonda e stabilisce Pio IX il rinnovato e ricco edificio del quale si è fatto architetto.

Suo primo ufficio, come Pontefice e Vicario di Gesù Cristo, è certamente l'aver cura alla fede ed alla religione, procurarne il trionfo, raffermare chi crede, confortar chi vacilla, persuadere chi non crede.

E quali modi ha egli giudicato opportuni all'adempimento dell'augusto suo ufficio? Quelli che accennavamo dianzi, tenuti da Gesù Cristo; i soli giusti e razionali, perchè i soli veramente atti ad ottenere lo scopo, i soli profittevoli all'umanità.

Pio IX, col rinnovare ordini e leggi, col ristabilire diritti conculcati, coll'introdurre riforme utili e spontanee, s'è mostrato giusto e stretto osservatore di quel precetto evangelico, che rende il debole e l'infimo rispettabile al grande, al potente; che difende il derelitto dalla violenza del forte, collo scudo della fede e della carità: e i deboli e i derelitti hanno benedetta quella fede che prima maledivano.

Pio IX, coll'obblio del passato, coll'amnistia, s'è mostrato misericordioso e religioso seguace del precetto che impone di concedere perdono, perchè tutti ci troveremo all'occasione di doverlo un giorno implorare. E quelli che rivedevan la famiglia e la patria, hanno benedetta la religione del perdono.

Pio IX, coll'aprire le braccia a tutti gli afflitti, coll'accogliere le loro preghiere, ascoltarne i lamenti, tergerne le lacrime; col ripetere quelle divine parole: «Venite a me voi tutti che siete nell'afflizione, ed io vi consolerò;» segui il grande esempio del Redentore; fa modello e vero ritratto di quella carità che è il compendio di tutta la legge, e ne forma il massimo de' precetti: e tutti i consolati hanno detto:—Questa è veramente religione divina.

Eppure tutto ciò non versava se non sovra interessi terreni, miglioramenti sociali, sovra mutazioni negli ordini dello Stato; tutto ciò non era se non cura e rimedio di mali che affliggevano il mondo materiale: non s'è udito che nel morale egli abbia promossa mutazione veruna, ch'esso abbia desiderate o prescritte maggiori pratiche nel culto, nuovi o più frequenti atti di religione: egli non ha moltiplicate cerimonie, non ha spedito predicatori o missionarj, non ha suscitato apologisti, non ha ordinato si pubblicassero nuovi libri a difesa della Cattolica fede.

Ma egli ha fatto assai meglio, ed assai più. Egli ha saputo renderla amabile, desiderabile agli uomini: ha saputo mostrarla all'opera, e far vedere quanto sia utile, quanto sia benefica ne' suoi effetti: ha saputo rendere evidente la calunnia di chi la diceva nemica al viver civile; nemica a quella onesta ed ordinata libertà, a quella giusta eguaglianza de' dritti sociali, che è invece il più distinto carattere dell'Evangelio. Ha provato che il più religioso, veramente religioso, de' Pontefici, è necessariamente ad un tempo l'ottimo de' Principi.

E perchè tutto ciò? Perchè Pio IX non è l'uomo del partito, ma è l'uomo di Dio.

Ecco la spiegazione e la chiave de' suoi trionfi; della sua immensa potenza morale, della venerazione che ispira, della sottomissione che trova in tutte le volontà, dell'ardente amore di che è fatto segno: ecco perchè in tutto il mondo il suo nome è la speranza de' deboli e degli afflitti, e l'invocazione di tutti gli oppressi, e suona come l'annuncio di tempi migliori, di giustizia e di rigenerazione. Ecco perchè a Pietroburgo, a Vienna, come a Londra e Parigi, l'inno di Pio IX è cantato e udito con passione ed applauso, quasi canto nazionale; ed anzi più che se fosse canto nazionale: poichè è tenuto qual culto reso ad un principio che tutti produce e domina quanti sono al mondo principj utili e grandi; che è la base inconcussa, il germe fecondo del bene non d'una nazione ma di tutti i popoli, dell'intera civiltà cristiana: il principio che prostra infrante le armi caduche della violenza; ed altre ne pone, sante ed immortali, nelle mani della giustizia, del diritto e della vera libertà, affrettandone il trionfo e la nuova e generale ristaurazione.

Perchè Pio IX non è l'uomo del partito ma l'uomo di Dio, s'è sparso fra tutti i popoli quel fremito che sorge all'appressarsi delle grandi manifestazioni della potenza divina, e scoppiato quel concorde grido di lodi e d'allegrezza, che nessuna umana forza, nessun concerto, nessun'arte potrebbe produrre, e che s'alza spontaneo quando tutte le menti sono ad un tratto colpite dall'istesso pensiero, vedono la medesima verità, quando tutti i cuori provano l'effetto medesimo. Popoli diversi di lingua, di clima, di costumi, di leggi, di fede, hanno avuto un solo ed identico affetto; hanno concordi alzato il grido, per proclamar Pio IX il restauratore del senso religioso: l'uomo della civiltà, l'uomo da tanto tempo aspettato e sospirato sull'alto seggio che rimaneva vedovo e deserto; l'uomo che soddisfacesse all'intimo senso delle nazioni, dell'opinioni, de' culti tutti del globo; che innalzando la fiaccola della fede, gli ammonisse al tempo stesso a spegner gli odj, conciliar gl'interessi, transigere sin all'ultimo limite ove lo concede una sincera ed illibata coscienza; a tollerarsi a vicenda gli uni e gli altri, come ci tollera quel Dio che muove il sole e ne dona calore ed il raggio ugualmente a tutti gli uomini; ad amarsi come debbono i figli d'uno stesso padre avviati al medesimo viaggio, e ad una meta comune. Non son forse questi i cardini su cui stanno inconcussi que' principj che tutelano e collegano tutti i popoli? Perciò tutti i popoli si son volti a Pio IX, tutte le menti l'hanno proclamato arbitro della civiltà, tutti i cuori l'hanno benedetto.

La più dichiarata nemica del papato, l'Inghilterra, ha reso omaggio all'uomo di Dio, nel più augusto de' consessi, per bocca degli uomini di Stato, che ne sono guide e moderatori. Le loro nobili ed elevate intelligenze si sono commosse all'apparire di quella inaspettata luce sul Vaticano. Si sono volte amiche e riverenti per benedirla e avvicinarsele. Un nuovo senso, per dir così, di pudore si desta ne' Protestanti per le ostilità dirette contro i Cattolici. La coscienza pubblica rifugge spontanea dal contristare ed affliggere, mentre Pio IX benefica e consola. Il principio cattolico è riabilitato: l'antico grido No Popery suona come un anacronismo.

Io non dico per questo che sia prossima o certa la fusione de' due principj, cattolico e protestante; ma dico e tengo per certo, che Pio IX ha abbattuto il maggiore ostacolo che le si opponesse; e, se non altro, ha coi suoi atti e col suo esempio insegnata la mansuetudine e la tolleranza, ha disarmata la persecuzione del suo flagello, e l'ha costretta almeno a vergognarsene.

In Germania, in Francia, sotto forme diverse, conseguenti alle diverse condizioni ed ai varj caratteri nazionali, succedono analoghi effetti: ed il principio cattolico, immedesimato, grazie a Pio IX, colla giustizia e la carità nella sua applicazione al mondo materiale, immedesimato colla tolleranza rispetto al mondo morale, si presenta sotto una nuova luce, purgato delle antiche macchie, assolto dalle vecchie accuse e da lunghi sospetti. Potrà ben darsi che non sia accettato, che la sua fede non venga accolta; ma non potrà oramai eccitare odio o disprezzo, e dovrà essere invece oggetto di rispetto e d'amore, come lo è già infatti nell'augusto suo Capo.

E tuttociò (non possiamo abbastanza ripeterlo) perchè Pio IX non è l'uomo del partito, ma l'uomo del cuor retto, l'uomo di Dio.

E perchè accadeva, pel passato, tutto all'opposto?—Perchè non uomini di Dio, ma del partito, eran coloro che per tanti anni vollero persuadere al mondo, che essi non avevano altri pensieri, altri interessi se non quelli della Religione, del Cattolicismo; anzi erano esso e loro una cosa medesima: inganno così mirabilmente smascherato, e reso palpabile ora ai meno veggenti. Inganno che, appena palesato e fatto noto agli uomini, dovea cadere; come cadde, divenendo inutile e deriso istrumento. Inganno che, tratto a forza dalle sue tenebre, ed esposto al vivo raggio della stella che splende sul Vaticano, giacque sotto il tremendo confronto, e divenne chiaro e patente argomento di verità; apparendo aperto e chiaro chi veramente e sinceramente sia nuncio della parola Evangelica, e chi ne faccia invece sacrilego strumento d'insaziabilità, di violenze e d'ambizione.

Ma l'insistere su queste verità è oramai, la Dio grazia, opera superflua; mentre le loro logiche e pratiche applicazioni appaiono, più o meno, dappertutto in via di venire adottate.

Quel Pontefice che, nel porre rimedio ai mali del suo popolo, aveva mostrata tanta sete di giustizia, tanto ardore di carità, non poteva non commuoversi delle miserie degli Israeliti; che son pure anch'essi suoi figli, che quantunque divisi di fede e di culto, sentono il desiderio, il bisogno di cercare in esso un padre; che in lui già lo trovarono, e piegano ad esso riverenti se non sinora le intelligenze, certo gli affetti e le volontà.

Egli fece per essi assai, poichè stabilì giusta in principio la loro assimilazione agli altri cittadini, con quell'autorità che è certo la più competente in tal materia, di quante sieno autorità al mondo; che invocata a torto, e male usata dall'ignoranza, dallo spirito di setta, dalle passioni, dall'intolleranza, s'è ora sciolta da così turpe sodalità.

Ed il primo passo mosso da Pio IX per guidare gli Israeliti ad una completa emancipazione, sarebbe già forse stato seguito da un secondo e da molti altri, s'egli avesse trovato più unanime il consenso dell'universale nell'accogliere questo grande atto di giustizia, e nell'applicarlo alla pratica colla cooperazione pronta e spontanea di tutti gli individui e di tutti i ceti.

Ma, siccome al dissodarsi delle terre lasciate da lungo tempo incolte e selvagge, danno minor impaccio i fusti delle piante sorgenti sulla superficie del suolo, che non le loro radici, e quelle innumerabili e tenui barbe che serpono e si perdono nelle viscere della terra, e che non si giunge a sterpare se non con lunga e perdurante fatica; così avviene che, nella società umana, potenti e benefici riformatori ebbero più di tutto a travagliarsi in ogni tempo intorno i pregiudizi plebei, diramati nelle moltitudini dalla malizia e dalla ignoranza; e dovettero spesso arrestare o sospendere il loro generoso corso a fronte di questo ignobile ostacolo.

A torlo di mezzo, e sgombrare così al gran Pontefice la via, molti si adoprarono e s'adoprano volenterosi in molti punti d'Italia. È da desiderarsi che il loro esempio venga imitato, e che più di tutto si lavori a vincere i pregiudizj che ancor rimangono fra il volgo (ed il volgo, persuadiamocene, è composto talvolta di signori e di ricchi, quanto di poveri e popolani), mostrando loro, che la causa della Rigenerazione Israelitica è strettamente unita con quella della Rigenerazione Italiana; perchè la giustizia è una sola, ed è la medesima per tutti; ed è forte ed invincibile soltanto quando è imparzialmente domandata a chi ci sta sopra ed è più potente di noi, come imparzialmente fatta a chi si trova nella nostra dipendenza.

Il concorde ed alto grido messo dall'opinion pubblica in Italia onde chiedere Riforme, e domandare ai Principi che franchi si mettessero alla testa della Nazione e la guidassero all'indipendenza ed alla libertà, fu ascoltato perchè potente, e potente perchè sommamente giusto. Ma se negheremo agli altri quella giustizia che per noi stessi invochiamo, questa potenza verrà indebolita, quel santo grido di rigenerazione non suonerà verità, giustizia per tutti; ma privilegio, egoismo e privato interesse: e verrà per noi rinnovato il fatto della parabola del Vangelo, di quel servo che implorò ed ottenne dal suo signore tempo ed agio a pagare la grossa moneta di che gli era debitore, ed uscito dalla sua presenza ed incontrato quel suo compagno che di piccola cosa l'aveva a soddisfare, l'afferrò pel collo, e gli negava ogni compassione.

Esser giusti, imparzialmente, rigorosamente giusti, è il miglior modo onde esser potenti; perchè gli uomini senza volerlo e saperlo talvolta rendono culto alla giustizia, e ne rispettano i decreti: ed anco tra i violenti e gli iniqui, non v'è cuore tanto in se stesso sicuro che non vacilli al cospetto della giustizia, quando si appalesa per opera delle moltitudini piena, luminosa, irrecusabile; ed appare, qual è veramente, emanazione divina, e certa manifestazione della volontà dell'Onnipotente.

Ognuno di noi, dunque, tenda la mano ai nostri fratelli Israeliti: li ristori de' dolori, de' danni, degl'ingiusti schemi che fecero loro soffrire non dirò i Cristiani (chè un tal nome non si conviene a chi rinnega o falsa il sommo tra precetti di Cristo, la Carità), ma coloro che avevano, e, pel fatto delle riferite persecuzioni, non meritavano il titolo di Cristiani.

Io, per la mia parte, in ammenda del passato, in pegno dell'avvenire, non ho altro da offrire agli Israeliti se non queste povere pagine, ed il buon volere. Accettino il tenue dono con quel cuore medesimo con che vien loro dato: e se a quest'atto, ch'io tengo stretto adempimento d'un dovere di giustizia, volessero essi attribuire pregio maggiore e farlo degno di guiderdone, scordino il passato, e tengano me e tutti gli uomini della mia fede, come noi terremo loro, in conto di fratelli; e sarà questo il più accetto ed onorato di quanti premj io potessi immaginare o desiderare.